衛斯理系列 少年版 24
蜂雲

作者：衛斯理

文字整理：耿啟文

繪畫：鄺志德

衛斯理
親自演繹衛斯理

老少咸宜的新作

　　寫了幾十年的小說，從來沒想過讀者的年齡
層，直到出版社提出可以有少年版，才猛然省起，
讀者年齡不同，對文字的理解和接受能力，也有
所不同，確然可以將少年作特定對象而寫作。然
本人年邁力衰，且不是所長，就由出版社籌劃。
經蘇惠良老總精心處理，少年版面世。讀畢，大
是嘆服，豈止少年，直頭老少咸宜，舊文新生，
妙不可言，樂為之序。

倪匡　2018.10.11　香港

主要登場角色

陳天遠教授

傑克

衛斯理

殷嘉麗

符強生

第十一章

上校向我展示那段**影片**▶️，告訴我：「戰鬥機第七中隊在今天的例行演習中，到達 **一萬四千呎高空** 時，發現了這四隻大蜜蜂，當時以為是幻象，但另一架戰機卻清晰地拍下了牠們。」

符強生看了影片後，喃喃地說：「陳教授，只有他才知道怎麼解決。」

我來回踱了幾步，明白到大蜜蜂竟能飛得如**戰機**那麼高，我是不可能去捕捉牠們的了，於是同意上校的計劃：「好，我盡力去營救陳教授，你們同時也要設法防止這種巨蜂再去**殺人**。」

上校滿意地點了點頭，「據我們所知，軟禁陳教授的行動，是特務組織一個代號叫『*G*』的人所負責，他是一個十分神通廣大的人物，而且手下還有四名神槍手。你有什麼需要我們幫助的嗎？」

「有。別在我身上再安裝任何偷聽器和追蹤器 就是對我最大的幫助。」我諷刺道。

上校尷尬地笑了一笑，「等待你的好消息，有需要

隨時通知我們。」說罷便與傑克一起轉身走了。

上校他們一走，符強生就立即對我說：「衛斯理，你不能一個人去，我和你一起去救陳教授。」

「你能夠做什麼呢？」我苦笑道，但突然**靈機一動**，問：「你和殷嘉麗的關係怎麼樣？」

符強生突然變得十分**忸怩**，「也沒有怎樣，不過常常見面而已。」

「若是你去約她出來，她肯應約麼？」

符強生點了點頭，「已不止一次了。」

我一手按在他的肩上，「好，那麼你就設法約她在郊外相見，**時間是 明天上午**，你做得到麼？」

符強生以十分懷疑的眼光看着我，我說：「你放心，我不會傷害你的**愛人**，你約到了殷嘉麗之後，我

7

再和你詳細解説，但你千萬不能説認識我並見過我。你和她約好了時間地點就通知我。」

結果符強生約了殷嘉麗明天 **早上十時** 在一個海灘上相會。我於是弄了一艘遊艇，停泊在那個海灘附近。第二天一早，我就划着小橡皮艇來到了沙灘，散步到九點五十五分左右，已看到符強生在 **東張西望** 地走了過來。

我悄悄地跟在他的身後，來到了一叢小竹前面，那裏有一張 **長椅**，他坐了下來，卻沒察覺到我的存在。

我在竹子後面躲着，過了十分鐘，殷嘉麗也來了。

她步伐輕盈，充滿朝氣，一直來到符強生的身邊坐了下來，撥了一下頭髮説：「好天氣，強生，你怎麼突然肯走出 **實驗室**，到這裏曬曬太陽？」

符強生的面色十分沉重，問：「陳教授失蹤了，是不是？」

殷嘉麗一怔，「是的，警方 向你查詢了嗎？」

符強生一開口便提到了陳天遠，我心中已暗呼不妙，沒想到這家伙深吸了一口氣，什麼都說了出來：「是衛斯理告訴我的。他叫我約你在這裏相見，倒像是陳教授的失蹤和你有關係一樣——」

符強生才講到這裏，殷嘉麗已霍地站了起來。

我本來的計劃，已經被符強生的話完全打亂，我也不得不採取行動了。

我的手本來就是握着一株竹子的，這時我用力向下一壓，那株竹子立時疾打了下去，正打在符強生的頭上，使他

當場 昏倒 ，這正好作為他胡言亂語的教訓。

我立即疾躍而出，殷嘉麗這時打開了一本厚厚的**精裝書** ，但書中是空心的，藏着一柄手槍。

然而我卻不給她取出這柄手槍的機會，我的手在長椅的椅背上用力一按，右腳已「**拍**」地一聲踢中她手中的那本書。

雖然書本沒有脫手，但是書中的那柄**小手槍** 已跌在地上，我身子一滾，將那柄手槍抓在手中，向她笑道：「小姐，久違了！」

殷嘉麗呆呆地站着，望了我片刻，才勉強一笑，「我

們上了那化妝師的當了。」

我聳了聳肩，「殷小姐，如果你不反對的話，我希望你跟我上一艘遊艇 ，講幾句話。」

「我有反對的餘地嗎？強生呢？你準備怎樣處置他？」

「就讓他躺在沙上好了，他不久就會醒來的，我們走吧。」

我押着她到了小橡皮艇上，命令她划槳，向那艘遊艇划去。

這時我才有機會細看手中的那柄槍，那真是一種藝術品，

有鑲着象牙的柄，上面有着極其精緻的雕刻花紋。這樣的槍，我也有一柄幾乎**一模一樣**的，我立時靈光一閃，失聲問道：「這柄槍，你是從哪裏得來的？」

殷嘉麗聳聳肩說：「這是因為我工作出色，上級給我的**嘉獎**。」

「你的上級——G？」

「噢，原來你已經知道那麼多了。」

同樣的槍，我也有一柄，是一個人給我的**紀念品**，因為我幫了他一個大忙，那個人也叫G。

他當時是亞洲某一國家駐**意大利**的大使，關於這件事的經過，已記述在《鑽石花》這個故事之中。

我對殷嘉麗說：「這位G先生，我是認識的，我們有着十分深厚的私誼，我想我們之間的**糾紛**可以告一段落了。」

殷嘉麗以冰冷的聲音回應：「你錯了，衛先生，在我們的工作中，只有公事，而沒有私誼的。」

殷嘉麗講得如此冷酷，我不禁打了一個 **寒顫**，立即説：「我要見他，你帶我去。」

在槍口的脅逼下，她也不得不聽從我的話去做。我們上了遊艇，由她駕駛，她操作得異常熟練，果然是一個久經訓練的 **特工人員**。

我們上了岸，召了一輛計程車，依照殷嘉麗所説的地址，來到一個高尚住宅區，在一幢 **花園洋房** 的門前下車。

殷嘉麗按鈴之後，一個穿着白色衣服的傭人走到鐵

門來。

殷嘉麗說：「我是 $N十七$ ，在特殊情形之下，要見G，請他決定是否接見我。」

那白衣人向我望了幾眼，我一看便知道他的傭人身分是偽裝的。

我揚了揚手槍說：「她是被迫的，不過G卻是我的好友，請你告訴他，衛斯理來了。」

那白衣人轉身回去，不一會，鐵門便自動打了開來，我和殷嘉麗一同走了進去。一步入客廳，我便聽到了G洪亮的笑聲，他從一張**皮沙發**上站了起來，說：「原來是自己人，誤會，真是一場誤會！」

G向我走了過來，我們緊緊地握着手。

可是殷嘉麗卻冷冷地問：「G，他是我們的**自己人**？」

　　G呆了一呆，「我當然不是這個意思，我是説，他是我的朋友，來來，衛斯理，請到樓上我私人的辦公室來坐，我有特殊溶液幫你洗掉臉上的 **油彩**，哈哈，你這面容……」

　　我跟着他上了樓梯，進入了一個十分舒適的房間，內裏有洗手間，他給了我一瓶 *溶液*，讓我在洗手間裏洗掉臉上的油彩。

我洗完走出來，他立刻笑道：「哈哈，這才是我所熟悉的容貌。」

我在躺椅上躺了下來，直入正題：「G，想不到你現在主持一個特務組織，我有一個非分的要求，你可能**答應**麼？」

G呵呵地笑着，「在你而言，沒有什麼要求是非分的，你只管說好了。」

我於是伸直了身子說：「請你們*釋放*被軟禁的陳天遠教授。」

第十二章

背叛

　　G聽了我的要求，馬上臉色一沉，「很對不起，如果我釋放了陳教授，就是**背叛組織**，我實在辦不到。」

　　在特務組織裏，背叛是一條**滔天大罪**，我也明白這有點強人所難，於是退一步說：「這樣吧，我只要求見陳教授，問他該如何收拾一個大問題。」

　　我將巨型蜜蜂的事簡單地告訴了他，替他**權衡利弊**：「如果陳教授未懂得解決這些嚴重的**後遺症**，即使被你們帶回去，為你們的國家效力，也會發生同樣的問題，同樣要解決，到時災難會發生在你們的**國家**。既然如此，為什麼不先讓陳教授在這裏實習一下如何解決這些後遺症呢？」

G給我說服了，微笑道：「好吧，那麼我就叫人帶你去見陳教授。」

他按下了通話機的鈕掣說：「 N十七 ，進來接受命令。」

殷嘉麗很快就推門進來，G沉聲道：「你帶這位先生去見陳教授。」

殷嘉麗美麗的臉龐上，帶着一種十分陰沉的神色，冷冷地說：「可是，總部已有命令，要將陳教授秘密地送回國內。」

G皺了皺眉頭，「只是讓他們見一見，這是我的命令，一切後果由我負責。」

殷嘉麗一聲不出，轉身走向門口。

G像感覺到氣氛不妙，大聲道：「N十七，你要違抗命令麼？」

話音剛落，殷嘉麗已經十分迅速地拉開了門，門外四個人一起走了進來，手中都握着槍，正是我曾經見過的那四個**神槍手**。

而殷嘉麗也在這時轉過身來，手中也多了一柄手槍，槍口直對着G，以一種十分**堅定**的聲音説：「G，剛才我已經把這裏的事向總部報告，總部的指示是：假如你違反命令，拖延將陳教授帶回國內一事，那麼這裏的一切工作就由我接管，而你則被**逮捕**。」

G面色蒼白，後退了一步，幾乎跌倒。我也絕對想不到事情竟會有這樣**一百八十度**的轉變！

那四個神槍手一進來，就四柄手槍對準了我和G，我根本不能作任何**反抗**，只能大聲説：「殷嘉麗，你怎可以這樣！G沒有背叛你們，我去見陳教授，對你們國家也有好處！」

殷嘉麗冷冷地望了我一眼，「**住口！**」

G的**面色**愈來愈蒼白，一句話也說不出來。

殷嘉麗突然拋出一小包東西，掉在G面前的桌子上，嚴酷地說：「G，你曾為國家做了許多事，你在國民心中極有**名譽**。但是你被捕回國後，將會受到嚴厲的審判，名譽掃地。為了保全你的顏面，總部給了你這個選擇，你自行決定。」

G吞了一下口水，伸手取過了那**小紙包**。

我緊張地大聲喝：「G，你想幹什麼？」

G轉過頭來，向我作了一個無可奈何的苦笑，「**永別了**，朋友。」

我大喝一聲：「不可！」

我向前跨出了一步，立即「**拍拍拍拍**」聽到了四下聲響，是

配上滅音器的槍聲，而我兩邊耳朵都有一種熱辣辣的疼痛感。

我連忙伸手摸去，摸到了血，但幸好耳朵還在。

殷嘉麗警告我：「子彈在你耳邊掠過，將你擦傷，是個 **友善的警告**，若你再敢妄動的話，警告將會變得不那麼友善。」

我大聲道：「你怎可以迫他自殺，他還未有機會解釋清楚！」

這時G轉過頭來，「朋友，別為我的事**傷心**，這是

我的選擇，我既然擔當這樣的工作，早就 **置生死於度外**，將性命交給了國家。」

他講到這裏，突然將那小紙包拋入口中，那小紙包裏一定是劇毒的氰化物，只見他的身體猛地一震，面色迅速變成可怖的青紫色，身子慢慢傾側，倒斃在 **地毯** 上。

我一聲怪叫，撲到了G的身旁，G已經死了，我對他的死無能為力，只能將他的眼皮合上。

我抬起頭來，屬聲問殷嘉麗：「**你得到了什麼？** 你這樣做得到了什麼？你滿足了嗎？」

殷嘉麗冷冷地說：「這是總部的決定，G自己的選擇，我只是負責執行而已。感到內疚慚愧的應該是你，是

你用私交來引誘他，使他走上了**死路**，你還有什麼資格來責問我？」

我呆呆地蹲着，好一會才站了起來，極度的垂頭喪氣。在殷嘉麗和四個神槍手的押解之下，我走出了G的辦公室，被推入一間**暗室**之中。

我在暗室中摸索着向前走，突然聽到「嗤嗤」的聲音，一陣陣充滿強烈麻醉藥味道的水霧向我噴了過來，我只覺得**天旋地轉**，很快就昏迷過去了。

我不知道自己昏迷了多久，漸漸地清醒過來時，發現自己已經在一架**飛機**的機艙裏，可以看到小窗外深藍色的天空。

我試着轉動身子，飛機上不止我一個人，在我面前也有一個人坐着，我一眼便認出他是**陳天遠教授**，而他顯然還在昏迷狀態之中！

我連忙俯身過去，抓住了陳教授的肩頭，但我的身後立即響起了一把冷冰冰的聲音：「**不要亂動！**也別轉過身來！」

我只得坐在位子上，一動也不動，但腦袋卻在迅速地思索着。陳教授還**昏迷不醒**，但是我卻已經醒過來了，這說明了什麼？

這說明了我這時醒來，對他們來說，是一個極大的意外。

我之所以能夠在飛機未到達目的地前就醒來，那完全是我平時受嚴格**中國武術**鍛煉的結果，這便是所謂的「**內功**」。

我也同樣以冷冰冰的聲音說：「朋友，你命令我不要動，那當然是有武器在威脅我了。」

那聲音說：「**對。**」

　　我得意地笑了起來，「可是在飛機上，你是不能開槍的，這幾乎是連小孩子都知道的**常識。**」

　　那人冷笑了幾聲，「你可以轉過頭來看一看。」

　　那人就算不說，我也準備轉過頭去了。我回頭看去，只見在我的身後，偏右方向，有兩個人坐着，是那四名神槍手的其中兩人。

　　而當我看到了他們手中的**武器**後，不禁怔了一怔，是我估計錯誤了。

第十三章

空中驚魂

眼前這兩個人手上拿着的武器，並非手槍，而是一種硬木製成的**小弩**。

在小弩的凹槽上，扣着一枚小箭，箭頭**漆黑而生光**，一望便知道上面塗了劇毒。

我不敢再説什麼，這個時候，在我的身後傳來了開門的聲音，並且有另一個人以十分純正的**英語**説：「衛先生，你這麼早就醒了，非常出乎我們的意料之外。我們請你到我們的國家去，並沒有惡意，請你不要太緊張。」

我心中大怒，卻又不敢發作，只能冷笑道：「沒有惡意，難道是**善意**？」

那人略感抱歉地說：「我們的**上級**希望見一見你，請恕我們無能，只能用這個方法請你去了。」

這時我已經回過頭去，看到對方是一個四十上下的中年人，十足**殷實商人**的模樣。

那人又說：「衛先生，我以我個人的一切向你保證，你到了我們的國家之後，絕對不會受到什麼傷害。」

我毫不客氣地反問道：「那麼我的**自由**呢？」

那人尷尬地笑了一笑，就在這時，「**砰**」地一聲，駕駛室的門突然被打開，駕駛室裏傳出兩個人的驚呼聲，他們不斷地喊道：「天啊，這是什麼？」

隨着**駕駛室**的門被打開，一個人已經面青唇白地衝了出來，而駕駛位上還有一個人坐着，那麼衝出來的那

個，大概是**副機師**了。

只見他幾乎站不穩，扶住了椅子在發抖。那中年人立刻屬聲問：「什麼事？」

副機師指着窗外説：「**看！看！**」

這時候，飛機也開始搖擺起來，我從他所指的窗子看出去，竟看到了 **一大群蜜蜂**，大約有千餘隻之多，突然自一團**白雲**之中冒了出來。牠們都不是普通的蜜蜂，而是每一隻都極大的巨蜂。

這一大群密密麻麻的巨型蜜蜂，不斷振動着雙翅，發出的聲音更蓋過了飛機的馬達聲。牠們閃着妖光的**複眼**，黃黑相間的身子，金光閃閃的硬毛，使人看了**不寒**而慄。

牠們數量之多，本身也形成了一大團雲：一大團混合了金色、黃色、黑色，高速移動着的「**蜂雲**」！

　　牠們離我們的飛機極近，而飛機的 *馬達聲* 似乎招惹了牠們。

　　蜂雲漸漸分成了許多組蜂群，包圍着我們的飛機，然後不斷撞向飛機各個部位，所發出的聲音，震撼着我們每一個人的 神經 。

　　向飛機撞來的蜂群愈來愈多，死在螺旋槳下的巨蜂更是不計其數，我們已經看不到外面的天空，在 機窗 之外，全是一對對妖形怪狀的大複眼。

　　飛機開始搖擺並下降，因為機師已經被眼前的景象嚇呆了，無法作出任何反應。

　　我連忙衝進了駕駛室，將機師一把拉起，奪過了 操縱桿 ，先設法使飛機上升，然後，我關了油門，任由飛機滑翔。

　　飛機的馬達聲停止了之後，包圍在飛機附近，攻擊着

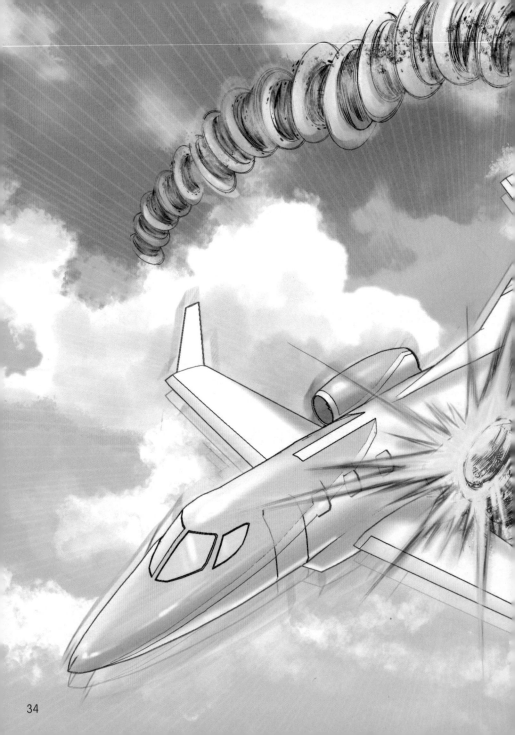

飛機的蜂群，又「嗡嗡」地離開了。牠們幾乎筆直地向上飛，像一大團金黃色的雲在急速上升，轉眼間又沒入更高的**雲層**之中不見了。

這時候，飛機已經離海面極近，我唯一能做的，只是竭力使**飛機**  保持平衡，滑向水面，而不是機頭直撞到海水之中。

我慌忙回到機艙，抱起了仍然昏迷不醒的陳天遠教授，大喝道：「**快逃命！**」

那個看來像是商人的中年人，被我大聲一喝，頭腦終於清醒過來，將一隻沙發墊拋給我，他自己也抓了一個，然後打開艙門。

機艙門一開，大量的 **海水** 便湧了進來。

那人顯然和我一樣，歷險經驗豐富，我們都緊握住近門的物件，不使自己被海水沖進機艙去。

當機艙中充滿了海水，開始下沉之際，我看到那人拉開沙發墊上的一個掣，「拍」的一聲，沙發墊爆了開來，變成一隻 **充氣的橡皮艇**。

我也連忙如法炮製，那沙發墊是特製的逃生工具。我

先將陳天遠教授放上了橡皮艇，我和那人不約而同地將兩隻橡皮艇推到一起，栓了起來，我們才上了橡皮艇。

那時候，飛機已有一半浸入水中了。飛機沉沒時所捲起的**漩渦**，幾乎將橡皮艇掀翻。那兩個神槍手和正副機師，都隨着飛機沉屍海底了。

海水迅速地恢復了平靜，那中年人首先向我伸出手來，自我介紹：「**錫格林。**」

我望着他，不想和他握手，但心中卻對他和他所屬的國家感到佩服。那個國家在國際紛爭中絕不出風頭，有許多人，甚至是政治家都不去注意亞洲的這一個小國。但這

個小國卻 **力圖自強**，居然有着這樣強大的特務組織，實在使我感到意外。

錫格林見我不願握手，只好尷尬地笑了笑，「我已經向我們的國家發出 **求救信號**，我們的飛機很快會找到我們。」

我絕不懷疑他的話，因為我看到他剛才從懷中取出一個罐頭狀的東西，打開了一個掣，相信是緊急求救用的裝置。

「衛先生，剛才發生的事，實在太令人難以置信了，怎麼會有這種事情發生？」他跟我聊起來。

我冷笑一聲，「你別假惺惺了，你們擄劫陳教授的目的是什麼？」

這時，陳天遠教授好像開始 **恢復知覺** 了，他的眼皮在不斷地跳動着，顯然是竭力想睜開眼來，卻還未完全清醒。

錫格林搖了搖頭，「我們不是擄劫。陳教授到了我們的國家，一定會比任何人更受 **尊敬**，因為他能使我們強大起來。」

這時陳教授漸漸清醒，坐了起來，看看四周，驚駭地問：「你們是誰？我為什麼會在海上？」

我盡量以簡單的 **言詞** 將我和他的處境向他說明。

陳教授鄙夷地望了錫格林一眼，問：「我的助手呢？你們將她怎麼樣了？」

陳天遠所說的「**助手**」，當然是殷嘉麗了。我不禁苦笑着告訴他：「你所說的那位殷小姐，她不是中國人，而是隸屬於她自己國家的特務機構。她獲悉你研究工作的

一切，當你的研究工作有了成就之後，她就開始行動，包括軟禁你，以及將你擄劫到她的國家去！」

錫格林亦向陳教授坦白承認：「衛先生說得不錯，N十七——殷嘉麗是我們國家 **最好** 的 *情報人員* 之一。」

陳天遠驚呆了好一會，才喃喃地說：「天下間竟然有這樣的事！」

我拍了拍他的手臂說：「陳教授，天下間更奇特的事，我們剛剛都遇到過，而且是你造成的。」

「我造成了什麼？」陳天遠訝異地問。

我說：「你將 **海王星** ⬤ 上生物的生活方式，帶到地球上來了，你可知道麼？」

陳天遠的神情興奮之極，「你說什麼？我成功了？那窩蜜蜂怎麼樣了？」

「那窩蜜蜂？」這次輪到我訝異了，「你怎麼知道事情和蜜蜂有關？」

「我當然知道，我最後的一項實驗，是將我在實驗室中培養出來，地球上所沒有的一種激素，注射進一窩蜜蜂之中，我的紀錄是注射了 一千零八十七隻 ，包括蜂后在內，告訴我，牠們怎麼樣了？」

我 望着 👁 陳天遠，半晌説不出話來。

第十四章

六個 怪物的 產生

原來那群殺人、搗亂、攻擊飛機、飛得比戰機還要高的**巨型蜜蜂** ，並不是偶然形成的，而是陳天遠刻意為上千隻蜜蜂注射新激素的結果！

我先不將那群蜜蜂的情形説出來，反問道：「你原本預計，這個實驗的結果會怎樣？」

陳天遠像是在科學會議上**發**

表演説 一樣，興奮地説：

「有兩種可能，一種可能是地球上的生物根本承受不了這種激素，那群蜜蜂因此全數死亡。」

「第二個可能呢？」

「第二個可能是，這種新的激素進入了蜜蜂的體內，改變了牠們的生活方式，使牠們變成完全**另一種生物**。」

「你認為這群蜜蜂會採取怎樣的生活方式？」

「我不是讓你在顯微鏡裏看過嗎？牠們可能會分裂，互相吞噬，然後迅速地長大……」

我再也忍不住了，大聲道：「你明知有這樣的結果，還從事這樣的實驗？」

陳天遠被我憤怒的態度弄得**莫**名其**妙**，「年輕人，你發什麼脾氣，我那群蜜蜂究竟怎麼樣了？」

「好，我來告訴你，你那群蜜蜂在經過分裂之後，樣子並沒有變，牠們仍然是蜜蜂，但身體不斷長大，變成了長達 一英呎 以上！」

陳天遠張大了口，合不攏來，也不知道他是興奮，還是驚愕。

我繼續說：「牠們之中，有的成了兇手，將尾刺當作牛肉刀一樣把 **六個人刺死**！」

陳天遠的面色開始**蒼白**。

「牠們還成群結隊在萬呎高空飛翔，剛才便攻擊了我們的飛機，差點令我們全葬身海底！」

陳天遠的身子在微微地發抖，我以為他在後悔，怎料他抓住了我的手說：「**生命**的確**太奇妙**了。你可

知道，自此以後，地球上整個生態系統和生活模式都將會有翻天覆地的改變！」

「我當然知道，因為我已經親眼見識過，幸而現在只發生在蜜蜂身上，但已經帶來極大的影響了。如果是一隻貓，牠的身體變大了這麼多倍，那就更加不堪設想！」我借用了符強生拿貓來做的比喻。

沒想到陳天遠像是聽了**笑話**一樣，忍不住笑了起來。

「你笑什麼？」我大聲喝問。

陳天遠說：「一隻貓，你說是一隻貓？但我說的是六個怪物。」

他的話令我感到莫名其妙，「**六個怪物？**」

陳教授又笑了起來，「你問我笑什麼，我在笑你們居然沒有意識到，如今地球上已經至少多了六個怪物。牠們是什麼形狀，連我也不知道，牠們或許是**球形**，有着幾千隻眼睛，或者全身長着金光閃閃的硬毛，也有可能是一團稀漿，**蠕蠕而動**……」

我高叫道：「你到底在說什麼？這些怪物從何而來？」

「人變的。」陳天遠的回答很簡單，再補充道：「**死人變的。**」

我驚訝得張大了口，説不出話。

陳教授又説：「死在巨蜂刺下的那六個人，剛才是你説的，你忘記了麼？」

我怔了一怔，「那六個人會怎麼樣？」

「他們死了，當然會被 **埋葬**，是不是？可是實際上，他們卻沒有死，就在他們舊的生命結束之際，**新的** **生命** 又開始了。因為他們被刺的時候，蜜蜂的一些體液可能會帶着激素，透過尾刺進入他們的體內。任何細胞結合了 **激素**，就會開始那種分裂、互相吞噬，然後不斷長大的生長模式。」

我聽到這裏，不禁毛髮直豎，身子在劇烈地 **發抖**，而一直在旁細聽的錫格林也和我一樣。

陳天遠繼續説：「當然，這六個怪物如今可能還不為人所知，因為屍體被埋在地下，一切變化仍在地下進行。

但總有一刻，他們會**破**土而出，他們將會是什麼模樣，我也不能預測，好運的話，他們或許能保留着人的模樣；不然，他們可以只是一團不斷在生長的肉，也有可能是一灘*流漿*。因為他們原本的生命已經死去，細胞會完全按照另一種不同的方式生長，變成什麼模樣都有可能。」

「**住口！**」我大喝一聲，實在無法再聽下去。

而就在這時，我們聽到軋軋的飛機聲，一架水上飛機飛了過來。錫格林用他還在顫抖着的手，取出一柄信號槍，向天放了一槍。

一溜紅煙冒向天空，那架水上飛機在空中盤旋了一會，便慢慢降落在水上，然後有人駕着快艇過來，將我們三人載回機艙去。

一上了飛機，我就要求道：「請讓我使用**無線電通話設備**，我要和傑克中校通話。」

錫格林一口拒絕：「不能，在這件事情上，傑克算是我們的**敵人**，他一直在追查我們的行動。」

我大聲咆哮道：「這個時候還分什麼敵人不敵人？我們的共同敵人就是那六個怪物。如果真有那種怪物的話，我們必須趁牠們未大到足以毀滅**地球**之前，快一步處理！」

錫格林考慮了一會，說：「到了我們的總部之後，我可以答應讓你和傑克通話。」

我嘆了一口氣，只盼飛機快些到達**目的地**。

飛機終於在一個規模相當大的機場着陸，機場上已排列着兩排武裝士兵迎接我們，他們還向錫格林**致敬**。

錫格林請我們兩人登上了一輛十分華貴的汽車，駛至**一幢大建築物**後，陳天遠被兩個人彬彬有禮地帶到不知什麼地方去，而我則由錫格林帶着，來到了通訊室，果

然讓我和傑克通話。

那是一台專門的電話，有兩個 **話筒** ，錫格林可以用其中一個監聽我的通話，並隨時掛線。

我管不了那麼多，電話一接通，就急不及待地說：「傑克，那六個死人怎麼樣了？」

「你是衛斯理嗎？」傑克罵道：「該死，什麼六個死人？」

「就是死在巨蜂刺下的六個死人。」

「**當然埋葬了！**」傑克大聲道。

「他們被埋葬在什麼地方？」

「你在發什麼瘋啊？」

我非常嚴肅和着急地說：「你快說，事情很重要！」

傑克無可奈何，便說：「五個警方人員，葬在墓地。

那個身分不明的第一個死者，已經被火化了。」

已被火化的屍體，激素應該也不再存在了，但是另外那五個，可能已經變成了**亙古未有**的怪物。

我連忙道：「傑克，去看他們，快去看看他們！」

傑克的聲音顯示他的**忍耐力**已到了極限，他大聲問：「去看什麼人？」

「當然是那五個死人。」

我一說完這句話，傑克就**掛線**了。

第十五章

逃生之計

真是該死，我因為太着急，沒有把話説得清楚，使傑克以為我在作弄他，跟他開玩笑。

我連忙轉過頭來向錫格林説：「傑克不相信。我必須趕回去，去看那五個死人是不是真的起了**變化**。」

錫格林搖了搖頭，「對不起，我們暫時不能讓你回去。」

我十分焦急，因為這是**刻不容緩**的事情，我一聲吼叫，出其不意地用力將錫格林推倒，奪門而逃。

但這裏是一國的**情報**本部，如果我能夠衝出去的話，那倒是天下奇聞了。我才到了門口，迎面一排武裝人

員便攔住了我的去路。

我還想**孤注一擲**時，錫格林在我背後大聲叫道：「荒唐，衛斯理，這太**荒唐**了，這絕不是你這樣的聰明人應該做的事。」

我也明白到，再鬧下去對我很不利，我轉過身來，說：「那你至少再讓我和傑克通一次話。」

錫格林點頭道：「好的，但只給你 兩分鐘 。」

我們又回到通訊室，錫格林替我接通了電話，我對傑克說：「傑克，你聽着。」

傑克嘆了一口氣，「衛斯理，你**喝醉**了不要亂打電話好不好？」

我忍不住罵了一句極其難聽的粗話，然後認真地說：「你聽着，我清醒得很，我現在離你 幾千里 ，在一個國家的情報本部之中和你通電話，我絕不是和你開玩笑，我

曾經見過陳教授，他告訴我，那五個死人，可能會變成危害全人類的**怪物**！」

　　傑克遲疑了一會，説：「可是他們已經死了。」

　　「不管他們是不是死了，你去看看他們，掘開**墓地**將他們火化，不要留下任何殘骸。」

　　傑克還是不太相信，半開玩笑道：「他們會變成什麼？吸血殭屍嗎？我要不要帶着十字架去？」

　　我大聲説：「帶十字架也沒有用，你最好帶着所有能帶上的**武器**，以策安全！」

　　「好了好了，你如今有自由嗎？」傑克問。

我正想回答他，可是錫格林已將通話截斷，對我說：「我認為你已經說得足夠清楚了。」

我嘆了一口氣，放下了**話筒**。

錫格林帶我離開通訊室，來到一間十分華麗的套房之中。當晚，這個國家身材矮小、精神奕奕的**總理**親自接見我。

這個總理對我的一切知道得十分詳細，有些連我自己都已忘記了的事，他卻反而提醒我。

他和我一直談到了天明，雖然我連連**打呵欠**，示意我要休息，他也不理會。

這位總理雖然沒有明說，但我聽出他的意思，想以極高的**報酬**，僱用我為他們國家的情報總部服務。

這簡直是**癡人說夢**，所以我聽到後來，只是一言不發，自顧自地側着頭**打瞌睡**，他是什麼時候走

的，我也不知道了。

接下來的幾天，我見到了不少要人，他們都由錫格林陪同前來。而在這幾天中，我也想盡方法逃走，卻都沒有結果。

我居住的地方，從表面上看來，華貴得如同王子的寢宮一樣，但實際上卻是一所最完美的監獄，到處隱藏着**監視鏡頭**，配備了紅外線，使我的行動不分晝夜都在他們的嚴密監視中。

一連四天，我被囚禁在這所華麗的**監獄**中，享受着最好的待遇。

第五天早上，錫格林照例來見我，我笑問：「今天你帶來的是什麼人？是司令還是部長？」

錫格林説：「今天我沒有帶人來，我帶來的是一個好消息和壞消息。」

我冷冷地望了他一眼，他繼續説：「**好消息**是，我們的情報人員回報，傑克中校已看過那五具屍體，十分正常，沒有任何異樣，所以也沒有火化。」

我皺着眉，感到疑惑，難道陳教授的推論出錯了？

錫格林接着告訴我壞消息：「**壞消息**是，這幾天來，你見過我們國家的軍政要人，應該很清楚我們的要求，可是你卻毫無表示。」

我冷冷地説：「你們要求什麼？」

錫格林**開門見山**道：「要你代替G的位置。」

我冷笑了一聲，「別做夢了。」

「每年的基本報酬是**五百萬鎊**，活動費和特殊任務的報酬另計。」

他們用銀彈政策，我卻聳聳肩説：「你完全找錯人了，我和你們這種急功近利，**不擇手段**的人完全不同。」

　　錫格林嘆了一口氣，像是替我擔心一樣，「那就十分不幸了，我只能向你傳達最高機密會議的決定，那就是從現在開始，　七十二小時內　，如果你還沒有答覆，那你將不再存在於世上。」

　　我感到一股寒意在背脊上緩緩地爬過，錫格林一講完話就轉身走了，留下我一個人坐在　沙發　上發呆。

　　我必須在七十二小時內逃離這裏，可是這幾天我用

盡所有辦法都未能逃出這個房間，更何況這幢建築物、這個國家？況且我在監視鏡頭之下，一旦成功逃脫，他們也馬上知道，立即動員將我圍捕，我能成功逃走的機會近乎**雲**。

如果我裝作答應他們的話，雖然暫時可免一死，但我一輩子要受着這個承諾的**枷鎖🔒**，替他們做事，一旦不服從，下場也和G一樣，我整個人生將失去了獨立自主的自由，這將比死更難受！

我感到自己真的是**走投無路**了，在這七十二小時之中，會有什麼奇蹟出現呢？

二十四小時過去，錫格林又來了，他提醒我：「你還有四十八小時。你不能改變你的決定麼？」

我摸着下頜，由於他們不給我任何**利器**的關係，我的鬍鬚已經很長了，摸上去很刺手。接着我又抱着雙臂在

沉思，就是這時，我的手臂感覺到襯衣裏有一塊**硬物**，那硬物大概如普通硬幣大小，我不禁一呆，差點遺忘了這件東西。

那是前兩年我表妹紅紅送給我的，說是一種強烈的**麻醉藥**，只要服下極少的劑量，就可以使人昏迷不醒，呼吸、脈搏和**心臟跳動**都微弱得幾乎察覺不到。昏迷的時間大約維持八至十二小時，她們美國大學的同學，常服這種迷藥來裝死，嚇唬同學取樂。直到有一次，一個服了此藥的學生被當作真正的死人送去殯房，弄假成真之後，這種「**遊戲**」才開始絕迹。

紅紅說我經常要歷險，這種東西或許有用，便擅自幫我把藥縫進襯衣的商標後面，而此刻我正好穿着這件**襯衣**！

這個國家對他們尊敬的人盛行天葬，就是將屍體運到高山上去餵鳥，如果我得到天葬的待遇，只要在**兀鷹**還未啃吃我之前醒來，我便有機會逃生了。

錫格林見我沉思了那麼久，忍不住問：「你考慮得怎麼樣？」

我坦然道：「我當然不會答應你們的條件，但我也不會死在你們的手中。」

錫格林**疑惑**地望着我，「你認為你能成功逃出去？還是覺得我們不會殺你？」

我笑而不語。他認真地對我忠告：「我勸你不要**心存僥倖**，特務組織處事向來無情而且堅定，你看G的下場就知道。你再好好想想吧。」他說完就走了。

雖然對這個逃生計劃沒有十足把握，但我卻願意**冒險一試**！

第十六章

天葬

我相信，在我説了那句話後，錫格林一定更不放鬆對我的 **監視**，以防我真的成功逃去。但他卻不知道，我的 **逃生計劃** 是裝死。

當然，昏迷和死亡是截然不同的，有經驗的醫生通過簡單的 **檢查** 便可以查看出來。但即使被識穿了，我也沒有什麼損失。而且他們早就打算在七十二小時後，若我不答應他們的要求，就將我殺掉，那麼我服毒自殺正好就是給他們的 **最終答案**，他們沒必要再找醫生來為我搶救了。

我於是刻意等到 **第三天**，離限期只剩下幾個小時的

時候，在眾多監視鏡頭之下，來一場深情的「**演出**」。

我脫下了襯衫，撕去了招牌，那一小包密封的藥物，果然縫在 **招牌** 的後面。

我的動作十分緩慢，面上的神情非常痛苦，我必須「演」得逼真，因為這是 **性命攸關** 的一場「戲」。我撕開了密封的包裝，立時聞到了一陣刺鼻的怪味，這種怪味竟使我流出淚來。

這正合我意，我特意抬起頭，使我的面部對準其中一個 **攝錄鏡頭** ，給他們看看我淚流滿面的「特寫」，然後我還喃喃自語，演着一場內心掙扎

的重頭戲，最後一仰脖子，將那包藥末吞了下去。

那包藥末入口淡而無味，我喝了兩口水便完全吞了下去。

我相信我的表演一定十分逼真，因為很快就聽到一陣急驟的腳步聲傳了過來，門「砰」地一聲打開，錫格林衝了進來，面色倉皇地大聲喝道：「蠢才，你這個蠢才！原來你那句話的意思是要自殺！」

我勉強地微笑道：「對不起，我不能出賣自己的國家，請讓我有尊嚴地死去吧。」

說完後，我發現面前的錫格林漸漸起了變化，首先他的

身子變闊了，接着，他變成了兩個人，**很快**又**變成**了**四個、八個**……無數個錫格林在我面前搖來擺去。

這當然是藥力開始發作了，聽到的聲音變得和**金屬撞擊**一樣，錚錚叮叮，慢慢又變成了嗡嗡聲，最後眼前一黑，便完全**失去知覺**。

直到我漸漸地又有了知覺的時候，只覺得全身皮膚有一種不太舒服的感覺，就像小時候在**冬天**，被母親在臉上塗了太厚的油脂，以防禦西北風一樣。

我聽到了十分低沉而傷感的歌聲，同時感覺到自己的身體正十分緩慢地前進着。

我小心翼翼地瞇起一道 **眼縫** ，發現是六個低着頭的長髮少女，將我的身子托着。而在我的前面是一輛馬車，拉着一車 **白色的花朵** 。

有兩個小姑娘站在車上，不斷地將白花撒在路上，同時發出那種 **歌唱聲♪** 來。

我們後方還跟着一行列的人，全都穿着白色的衣服，個個低着頭，跟着那兩個姑娘低聲唱。

而我的身上則散發着一種 **奇怪的氣味** 和堆滿了白色的花朵。

這是送葬的行列！

照這個情形來看，我的假死成功騙過了他們，他們正在為我舉行 **天葬儀式** 。

我慶幸自己蘇醒得十分合時，如果太早，會被他們發現我是裝死；若是太遲，又怕真的成為了兀鷹的點心。

我被他們抬着來到一處 **山峰▲▲**，送葬的人開始為我進行特定的儀式，他們將我放在一塊冰冷的大石上，所有人在我的身旁唱着、跳着，**花朵**拋在我的身上，將我整個人都遮了起來。同時又有兩個巫師模樣的人，一手拿着盛滿了香油的 **陶罐**，另一手拿着刷子，將刷子放進陶罐裏浸了一下，醮足香油，然後便抖動刷子，向我身上灑來。

儀式持續了不短的時間，我極力忍耐着，等到**歌聲**漸漸遠去，四周圍寂靜得一點聲音也沒有，相信那些人全都離開了之後，我才睜開眼睛，坐了起來。

不錯，我的四周圍沒有人，可是卻蹲着七八頭**兀鷹**，每一頭站着都有一個人那麼高大。

牠們一動不動，虎視眈眈地望着我。我的手在摸索着，摸到了幾塊拳頭大小的石子，抓在手中，然後瞄準面前的幾隻兀鷹，用力將 **石頭** 擲過去。

那些兀鷹紛紛被我嚇得飛了起來，在天空上盤旋了一會便離開，畢竟牠們只對死屍和腐肉有興趣。

我定了定神，看看身上的**白色麻質衣服**，質料十分精緻，穿着它上路也沒有什麼問題。當然，我必須先用雪將身上所塗的香油完全抹去。

我到了山峰頂上有**積雪**的地方，用雪擦着身子，中午的陽光十分和煦，照在我被雪擦得發紅的身子，十分舒服，只是肚子卻餓得出奇。

我重新穿好了衣服之後，開始向山下走去，快到山腳的時候，天已經黑了。我可以看到這個國家首都的**燈光**，估計離機場不會太遠。

我繼續下山，到達山腳，看到了第一所有燈光射出來的房子時，我已經餓得肚子裏像有一營兵在叛變一樣。我忍不住**敲了**那屋子的門，一個老婦人打開門來。

我用這個國家的語言生硬地說：「婆婆，我是外地來的，我肚子餓了。」

我知道他們是 **好客** 的，留陌生人在家中填飽肚子是他們樂意做的事。

果然，那老婦人立即點了點頭，讓我走了進去。我跨進了門，屋中的陳設十分 **簡單**，天花板中央的電燈光線很微弱，我看到一個中年男人，還有一個中年婦人，和兩個十五六歲左右的男孩子。

他們一看見我，面上的神色是友善的、**好奇** 的，那個中年男人甚至還準備站起來歡迎我。可是當我再跨前兩步，更接近 **燈光**，他們可以完全看清楚我的時候，每一個人的面色都變了。

他們的面色變得蒼白，**神情驚駭**，那兩個孩子更懼怕得抓緊了椅子扶手。

　　那個老婦人離我最近，她突然驚呼一聲，竟昏了過去，我連忙伸手扶着她，可是那中年婦女卻怪叫道：「放開她，求求你，放開她，**放過我們！**」

第十七章

掘墓

RIP

我不知道他們為什麼這樣懼怕，我連忙將那老婦人放到 **椅子** 上，她昏迷不醒，那中年人顫聲說：「求求你，將她的靈魂還給她！」

我詫異道：「她的 *靈魂*？先生，你在說什麼？」

那中年人苦叫：「天啊，我們做錯了什麼事？為什麼 **惡鬼** 竟會降臨我們家中？」

我呆住了，摸了摸自己的臉，我像惡鬼麼？為什麼他說我是惡鬼？

「我不是惡鬼。」雖然我覺得這樣的澄清很 **滑稽**，但我說了。

「那你為什麼⋯⋯為什麼⋯⋯穿着死人的衣服？」

我看了一眼身上的衣服，這才看出我身上的衣服**寬袍大袖**，和那中年男子身上的衣服截然不同。

剛才在山上，我還覺得這衣服十分精緻，一時沒想起這原來是**喪服**，難怪他們大吃了一驚。

我連忙捏造了一個**故事**，聲稱自己是被人戲弄了的一個外來遊客，他們這才鬆了一口氣，笑了起來。而那老婦人醒過來之後，聽了家人的**解釋**，也笑了起來，還熱情地招待我。

我吃了他們給我的食物，雖然只是粗茶淡飯，但餓得發慌的我卻吃得**津津有味**。飯後，我提出我要換衣服，那中年人取出了兩件相當舊的衣服來，我穿在身上，倒還算合身。

而當我將身上的喪服脫下來送給他們的時候，他們一

家人都高興得眉開眼笑。原來我身上的這件喪服，質地**非常名貴**，在他們的國度裏，只有富豪權貴才買得起。

　　我離開他們家的時候，夜已經很深了。

　　我沿着公路來到了市區。在酒吧林立的地方走了一圈，看見有不少酒客醉倒街頭，其中一個昏睡在後巷裏，一看便知是西方遊客，而且體型和我差不多，於是我把他身上光鮮的衣服

換了給我，因為這樣的衣着混進 機場 才不會引起注意。

　　我到達機場時，天已經亮了。我在機場裏觀察了一整個上午，好不容易偷了一套制服穿上，冒充搬運行李的工人，然後偷偷躲進客機的 **行李艙** 中。

　　這班飛機的目的地當然是我所住的城市，而到達目的地後，我從飛機的行李艙走出來，立刻就被 **機場保安人員** 發現並拘留。

但我提起了傑克中校的名字，傑克一收到消息，就馬上來接我。

我把我的遭遇向傑克敘述了一遍，又把陳教授的情形告訴了他。

他嘆了一口氣，「我們最終還是救不了陳教授。」

「未必。」我說：「那個國家一直 **小心翼翼** 不暴露自己的野心，我們大可以用這一點來作威脅，要求他們放了陳教授，如果不釋放，就把他們進行特務活動的證據公諸於世，使各國對他們起了疑心，他們將會得不償失。」

傑克點着頭，似乎覺得這個方法可行。接着，他又轉了話題，**疑惑** 地問：「你真的看到了上千隻巨蜂？」

「沒騙你，而且陳教授也親口說了，他的實驗一共為 **一千零八十七隻蜜蜂** 注射了激素，包括蜂后在內。」

傑克還是有點**質疑**，「可是自從那次戰機演習後，巨蜂就再沒有出現過，我們百般搜尋，也找不到一隻。而且，你叫我去看那五個死人，也沒發現任何異樣。」

我嘆了一口氣，「信不信由你，我現在要回家休息一下。」

由於我實在太累了，我先回家梳洗**休息**，而傑克則回去向上校報告最新情況。

不知道誰把我回來的消息告訴了符強生，我在家裏剛梳洗乾淨，正想休息一下的時候，他已經找上門來了，一見到我就破口大罵：「**衛斯理！**我真想不到

你會那樣對我！」

　　他自然是在**責怪**我用竹子打暈他的事。

　　我避而不談，反而單刀直入地問：「強生，陳教授培養出來的那種激素，如果進入了人的身體，會產生什麼樣的結果？」

　　「你別轉移話題！」符強生對我**十分生氣**。

　　「不，這事十分重要，你先聽我說。」我於是一口氣將陳教授的**推斷**講給他聽，不讓他有任何打斷的機會。

　　只見符強生面色變得蒼白，不安地來回踱步，待我講完之後，他說：「蜜蜂在螫人的時候，會有體液分泌進入人體內，這就是被螫後會**紅腫疼痛**的原因，陳教授的推斷在理論上是成立的。」

　　「但為什麼傑克去查看那些屍體，卻沒看到任何**異**？」

符強生不斷地來回踱步，用心思索着，忽然之間責備我：「衛斯理，你闖下大禍了！」

我感到**莫名其妙**，「我闖了什麼禍？就因為我用竹子打過你一下嗎？男人大丈夫別那麼小器。」

「不！」符強生激動地說：「那些死人被埋葬之後，可能因為環境不適合，所以才沒有發生變化，但是你卻叫人打開**棺蓋**看了一次。」

「那又怎麼樣？」

「新鮮的空氣進入了棺木，反而有可能激發了變異！」

我的背脊直冒着冷汗，吞了一下口水，「**不行！**我要通知傑克，立即再去檢查那個死人！」

但符強生拉住了我，「等等，你還沒說清楚過去幾天發生了什麼事？你在什麼地方跟陳教授**交談**過？他現在在哪裏？這一切和殷嘉麗又有什麼關係？」

「我沒有時間詳細解釋，我只能認真地告訴你，那個你 **朝思暮想** 的殷嘉麗，是個可怕而精悍的特工，你最好忘掉她。」

符強生聽了，大罵一聲：「**你放屁！**」然後轉身就跑了。

我知道他一定是去找殷嘉麗，我只能大聲勸他一句：「我說的都是事實，你別再接近她了！」

但愛情是盲目的，估計符強生也不會聽我勸。我不管他了，連忙打了一通電話，費盡唇舌去說服傑克，再去檢查一次那五個死人。

我趕到墳場時，天色已全黑了，下着牛毛細雨的 **墳場** 特別陰森。

傑克和幾個警員早已來到，現場有兩輛警車，其中一輛的車頂上安裝了強力探照燈，照射着那五個基。

「就是這五個了！」傑克向五個 **墓穴** 指了一指。

那是許多墓當中的五個，看得出是新葬而且經過挖掘的。

我站在墓前，傑克對我説：「衛斯理，如果等一會掘出來還是沒有什麼發現，難保我不會將你埋進去。」

我忍受着他的 **譏諷**，認真地説：「我也不希望發現到什麼。」

傑克見我那麼認真，便揮手道：「開工，**掘！**」

幾個警員老大不願意地揮着鋤頭，雨愈下愈密，轉眼間，我身上全都濕了。

雨忽然很大，我們匆忙跑到基地管理處的屋子裏去避雨，暫時停止了挖掘。

傑克望着雨勢，在我的肩頭上拍了拍，「衛斯理，我看算了吧，我們不必再浪費時間，我想拉隊回去了。」

我忙道：「不，等一等，雨只怕就要停了。」

傑克向前一指，「你看，雨愈來愈大，怎麼會停？」

看着那 *傾盆大雨*，我心中暗嘆了一口氣，正猶豫着是不是要答應傑克的要求時，忽然聽到他大叫道：「快，快給我強力電筒！」

一個警員連忙將強力電筒給了傑克，我心中不免奇怪，問：「什麼事？」

只見傑克雙眼仍然望着外面，凝神説：「你看不到外面有東西在 *移動* 麼？」

第十八章

傑克亮起了**一電筒**，向前照去，光線停在一株樹上，那株樹在風雨之中微微顫動着。

我苦笑道：「原來只是樹在搖動。」

「不！」傑克的面色十分凝重，不斷移動着**光線**去搜索，可是在大雨之下，電筒的光芒到達不了多遠的地方。

我建議道：「如果要看清楚那裏一帶的情形，電筒光的強度是不夠的，為什麼不到警車上去轉動**探照燈**？」

傑克居然馬上答應：「你説得是。」

他立即走了出去，我連忙跟在後面追問：「傑克，剛才你看到了什麼？」

只見傑克**臉色蒼白**，沒有回答我。

我們冒雨跑了一段路，鑽進了警車，傑克坐在 駕駛 位 上，撥動了幾個鈕掣，裝在車頂上的強光燈便能轉動方向。

我隨着強光燈照射的地方看去，除了一塊塊石碑和一株株**大樹**之外，什麼也看不到。

當燈光又照回到那五個墓穴時，我發現第一個墓穴已變成了一個深深的**洞**。而我清楚記得，剛才挖掘工作才開始了不久，這個墓穴只不過被掘開了少許而已，即使下了雨也絕不可能變成現在這個模樣。

「傑克，你看那**墓穴**。」我指着説。

傑克自然也順着燈光看到了，聲音顫抖着説：「老天，我是真的看到，真的看到那東西！」

我給傑克的話弄得毛髮直豎。

「**你**看到了什麼？」我轉過頭去望着他，只見他面上的肌肉不斷地抽搐着，眼中流露着懼色。

忽然間，他以快得出奇的手法，一隻手拉開車窗，另一隻手拔出槍來，向外轟擊。

「**砰** **砰** **砰**」地一連六響，子彈都射完了，他仍然不斷地扳着槍機，發出「克列」、「克列」的聲音，可想而知他的情緒有多緊張。

在管理處避雨的警員一聽到槍聲，都紛紛趕了過來。

傑克推開了車門，跳了出去，我也跟着躍出了車子。

奔過來的警員根本不知道發生了什麼事情，還未開口問，傑克已快一步命令道：「所有人，*全部盡快上車離開*！」

他們面面相覷，雖然不知道是什麼原因，但也馬上照做，紛紛上了 **兩輛警車**。

「衛斯理，你也上車吧。」傑克説。

「到底發生什麼事？你看到了什麼？」我問。

傑克終於回答：「我也不知道是什麼，只看到有一團東西在 *移動* ，開槍也制伏不了。」

「所以就馬上逃走嗎？」

「不是逃走。」傑克激動地説：「我十分肯定，我們帶來的 **裝備** 絕對不足以應付這個情況。我身為領導，

有責任保護我的隊員。所以我決定先行撤退，重新部署適當的裝備和兵力再回來。」

傑克回到車上，又向我催促道：「你不走嗎？」

我想了一想說：「如果真有**怪物**的話，我們不能全部走光，至少要留下一個人來監視着怪物的動向。而我願意做這個人。」

傑克吸了一口氣，點頭道：「好吧。你自己要小心，我們部署妥當，帶齊裝備就會盡快回來支援。你記住，只是留下來監視，**不要逞英雄**。」

我點了點頭，他們隨即開動警車撤退。

警車一離去，整個墳場變得漆黑而死寂。

我全身濕透，寒意陣陣，連忙返回那間 **小屋子** 中，避雨取暖。

我在屋子裏也不忘注視着外面的情況，雖然外面 **漆黑**

一片，難以看清，但若果真有怪物作出任何大舉動，也總能察覺得到的。

約莫過了幾分鐘，我身後突然響起了一把嘶啞的聲音說：**「先生，沒事吧？」**

那聲音突如其來，嚇了我一大**跳**。我轉過身去，只見面前站着一位灰衣老者，滿面皺紋。他當然不是什麼怪物，但突然出現也足以嚇壞人，我連忙問：「你是什麼人？怎麼突然出現？」

那老者笑道：「不用怕，我是這座墳場的**管理員**，剛才上了廁所拉肚子。」

「你沒聽到聲音嗎？」

「你指『』像開槍那樣的聲音？」他問。

我點了點頭。

「噢，原來那聲音是真的。」老者先是感到意外，然後又笑了笑，「我在這裏已經十多年了，夜晚只有我一個人睡在這裏。我的習慣是，不論聽到什麼，都裝作聽不到，無論見到任何異樣，**假裝** 沒看見。哈哈。」

他哈哈地笑着之際，面上忽然掠過一絲驚恐的神色，好像通過我背後的 **窗子** 看到了什麼似的，但他的神情很快又回復過來。

「什麼事？你看到了什麼嗎？」我問。

「沒有，什麼也沒看見，給你沖杯茶 ☕ 吧。」他笑了笑，便轉過身去，在小小的電爐上燒開水。

我道了一聲謝，但心裏卻隱隱覺得不對勁，因為他說過，他無論見到什麼異樣，也會裝作沒看見。那麼他剛才可能真的看到了什麼，只是假裝沒看見。

我看到他沖茶的手在微微發抖，我知道一定有事情發生了，立即轉過頭去，望向那一列窗子，但沒看到窗外有些什麼異樣。

不過，我發現其中一扇窗子竟然打開了，而我十分肯定所有窗子本來都是關閉着的。

雨點斜斜地從開着的窗子打進來，落在靠窗而放的一張桌子 🪑 上。從桌面上的雨水來看，那窗子顯然是剛打開了沒多久。

　　我走上前，將身子探出窗外往四周看看，依然什麼也沒有。

　　我正想奪門而出，但就在這個時候，我的身後傳來了「砰」的一聲。我連忙轉身一看，只見那老者已經倒在地上，一隻手按着胸口，另一隻手指着窗外，張大着口，卻已無力說出話來。

一看這情形，就知道他是因為驚駭過度而心臟病發作。可是到底有什麼東西，能令這個晚晚都在墳場裏過夜的人，也嚇得 **心臟病** 發作？

我想為他急救，可是他很快就已經斷氣了。

他一定是看到了什麼可怕的東西，也就是傑克所看到的。

那東西既然出現了兩次，當然也會出現第三次。我深深地吸了一口氣，抓了一根鐵枝在手，然後背靠牆而立，**注視** 着前方。

小屋子的燈光格外 **昏黃**，我緊握着鐵枝的手在冒汗，屏息靜氣地等待着那怪物出現。

忽然之間，我感覺到有什麼東西跌在我的頭上，抬頭看去，只見小屋天花板上的 **白灰** 正在紛紛掉下。

同時，在沙沙的雨聲之中，我還聽到了古怪的聲響，而整個天花板似乎也搖搖欲墜。

我想奪門而出，但天花板上的白灰愈掉愈急，突然之間，一大片石灰、磚屑、木片和**碎瓦**直掉了下來，天花板上已出現了一個**大洞**。

但我從那個大洞看不到天空，雨點也沒有打進來，因為有東西堵住了那個洞。

那是暗紅色半透明的東西，看來像是一塊**櫻桃軟凍**，但是那種紅色卻帶着濃厚的血腥味，使人看了不寒而慄。

我不知道那是什麼東西，只是大叫一聲，將手中的**鐵枝**向上疾拋了出去。

鐵枝從洞中穿過，射在那一大團堵住了大洞的暗紅色東西上。我聽到一種如同粗糙金屬摩擦的聲音，而那根鐵枝並沒有再跌回下來。

那就是說，我唯一的武器也失去了。

然後，我看到**一隻手**，從洞中伸了下來！

第十九章

比核武還可怕

那是一隻手，它有五指、手腕、手臂，**暗紅色**的，像櫻桃軟凍。那條手臂從洞中伸了下來，伸到了一個正常人手臂應有的長度之後，停了一停。

然後，忽然之間，那條手臂像是**蠟**造的，而且突然遇到了熱力一樣，變軟了，變長了，如*燭淚*般流下來。

它不再是一條手臂，而是一股濃稠的血紅色液體，當它的尖端觸及地面之際，又出現了五指，變回一條手臂，

只不過五隻手指和手掌都**出奇地大**，手臂也按比例變大變長了。

這時手臂是從天花板到地面那樣長，手掌按在地上，五條手指像**章魚**的觸鬚一樣醜惡地扭曲着。

我毛髮倒豎，汗水直流，口唇發乾，**腦脹欲裂**，怪叫了一聲，就猛地一腳向那隻手踏了下去！

這一腳的力道十分大，我又聽到了一種如同金屬摩擦的聲音，來自**屋頂**。

同時，那條手臂也迅速地向上縮回去。

我不斷地怪叫着，衝出了屋子，隨即就聽到了一聲巨響，那座小屋已經崩塌下來了！

我轉過身去看時，只見許多股那種流動着的液汁，正在迅速地收攏。然後，在離我只有七碼的位置，一個人「**站**」了起來。

那個「人」其實並不是站起來，而是由那一大堆暗紅色液汁凝聚而成的，首先出現一個頭，頭以下仍是一大堆 **濃稠** 的東西，接着，肩和雙手出現了，胸腰漸漸成形，雙腿也顯現，那堆濃稠的東西完全變成了一個暗紅色的「人」。

那「人」和我差不多高，它「望」着我，我僵立着，也望着它。它內裏不斷地發出一種古怪的，如同金屬磨擦的聲音，然後它就倒退着，**步伐蹣跚** 地向後走了，像是它天生就應該這樣走路一樣。

它漸漸離我遠去，隱沒在黑暗之中。

陳天遠和符強生的推斷都是正確的，那幾個人並沒有「死」，因為那種激素經由巨蜂的刺進入了他們體內，迅速**繁殖生長**，已經將他們變成另一種東西。

這種東西是地球和海王星兩種生物揉合的結果，它其實不是一個人，而是一大團暗紅色的**濃稠液汁**，在人體內不斷分裂繁殖而造成的結果。

它的力量極大，剛才就把石屋壓塌了，如今不知它到了什麼地方去，如果闖入了市區的話，後果不堪設想。

我不知道自己僵立了多久，忽然有**兩道強光**從我射來。同時，我聽到符強生的聲音：「他在這裏，他果然在這裏！」

符強生很快已來到了我的身邊，而且不止他一人，竟然還有**殷嘉麗**。

我着急道：「強生，你快離開，怪物已經誕生了！」

符強生還來不及反應，殷嘉麗已經拔出了一柄**小手槍**，指着我說：「而你本應已經死去！」

她正想開槍之際，符強生神情震驚，突然橫身撲出，擋在槍前，悲痛地喊叫道：「原來是真的，原來衛斯理講的，**都是真的！**」

殷嘉麗對符強生的舉動

大感驚訝，而我心中的驚訝程度更甚，雖然我和符強生是從小認識的好朋友，但我從未想過他居然會為我 **擋子彈** 。

　　不過，我馬上就知道自己想多了，他這樣做不是為了救我，他激動地對殷嘉麗說：「衛斯理告訴我的時候，我不相信。到現在親眼看到了，我依然不願意相信，除非你把我殺了。死在你的手上，才可以真正令我 **死心**，將我對你的一切記憶和美好印象徹底抹去！」

　　符強生在大雨之中嚎啕大哭，證明他果然用情很深。我以為他一定會 **求仁得仁**，死在這冷血特工的槍下了，怎料我看到殷嘉麗的身子也在顫抖着，淚流滿面，我從未見過她流露出這樣 **感性** 的一面。她走向符強生，在耳邊講了一句不知道是什麼的話，兩人就突然緊緊地抱在一

起，手槍也從殷嘉麗的手中掉了下來。

這大大出乎我的意料，我一直以為是符強生一廂情願**單戀**着殷嘉麗，卻沒想到這位美麗動人、冷酷無情的特工，也對符強生動了真感情！

這時候，連續的**幾道閃電**，使我看到另外那四個墓中，也有着同樣的濃紅色物體在滲出來。

我驚叫了一聲，符強生和殷嘉麗立即跑來我的身邊。

只見那四個墓穴中，已各有一隻「手」鑽了出來，手指像彈奏鋼琴那樣伸屈着、跳動着，地面突然翻騰了起來，**泥塊**四濺，一大團暗紅色的東西破土而出。

它們像浪頭一樣地湧起，四團這樣的東西在地上翻滾了一會，突然停止，然後我們看到四個「人」站了起來，和我之前見到的「人」一樣。

它們蹣跚地走着，身子軟得好像會隨時**溶化**。我

們眼看着其中的三個漸漸遠去，可是另外一個卻向着我們移來，而且發出難聽的金屬摩擦聲。

我連忙拾起地上的**槍**，對着迎面而來的怪物發射。

我每射出一粒子彈，那怪物就略停了一停，然後又繼續逼近，我甚至看不清楚子彈是射進了它的體內，還是穿過了它的身子。

但可以肯定的是，子彈對它**毫無作用**。

我已經將子彈射光了，索性將手槍直擲過去，那「人」居然揚起手臂來，將手槍接住。然後它的手指變成了許多細長的**觸鬚**，繞在手槍上面，像是在研究這是什麼東西。那樣說來，這怪物竟是有思考能力的！

那「人」研究了沒多久，就已經把手槍**扭曲**得完全變形，成了一塊廢鐵，掉在地上。

「躲到你們的車上！」我向符強生和殷嘉麗大喝一聲，便領頭跑向車子，他倆也慌忙地跟着。

我們三人一起上了車，殷嘉麗在 **駕駛座** ，符強生在她的旁邊，而我則在後座。

「殷小姐，你能不能開車引導它，使它留在墳場徘徊，不要進入民居？」我說。

身為 **特工** ，殷嘉麗的駕駛技術自然十分超卓，她馬上開車，緩緩地引導着那怪物來回移動，可是她說：「我必須將這五個『人』帶回去。」

我當頭棒喝道：「這五個『人』是 **大災難** ，你要將災難帶回自己的國家嗎？」

殷嘉麗臉色蒼白，默不作聲，她的心中一定十分 **矛盾** ，因為這五個「人」雖然是災難，但如果能運用在軍事上，那將會是比 **核武** 還可怕的武器！

　　她和符強生互看了一眼，然後沒有再說什麼，繼續開車引導着怪物移動。

　　忽然間，墳場內又傳來了一陣 **金屬摩擦聲**，而我們面前的那個「人」，體內也發出了同樣的聲音，那可能是它們之間互相傳遞消息的方式，相當於我們的語言。

　　我們面前的那個「人」，發出了聲響之後，突然軟了下來，溶化成一大灘暗紅色的液汁，迅速地向後退去，隱沒在 **黑暗** 之中不見了。

「殷小姐，請你繞着**墳場**駕駛，監視着怪物的動向，提防它們走入民居。我現在要通知傑克中校來支援。」

殷嘉麗果然照着我的**指示**做，看來她已經接納了我的勸告。

我連忙打電話給傑克，一開口就説：「傑克，我是衛斯理，你看到的東西，我也看到了，情況非常危急，恐怕要安排**軍隊**來對付！」

第二十章

回去了

雨已經停了，我們的車子繞着**墳場**駛，密切監視着墳場的狀況，但是那些怪物再沒有出現過。

不到半小時，我們看到傑克**浩浩蕩蕩**的車隊終於趕到來了。

傑克的車子停在路口，他下了車，指揮着其他警車、軍車進入墳場，迅速按計劃部署。

我也連忙下車走向他，喊道：「傑克，**你們終於來了！**」

傑克點頭道：「對，我們安排了一營人的兵力，**包圍**墳場，而且帶足了裝備而來。」

「可是它們子彈也不怕，更強的裝備不知道是否有用。」我説到這裏的時候，突然想起了陳教授，「對了！你們有用我説的方法去威逼對方釋放陳教授嗎？解鈴還需繫鈴人，究竟要用什麼辦法去應付那些怪物，只有陳教授最清楚。」

傑克微微一笑，「你的方法果然管用，經過交涉後，他們同意釋放陳教授。陳教授坐飛機回來了，剛剛抵達機場，我已經派人在機場接他來這裏，共同研究對策。」

我略鬆了一口氣，雖然陳教授也未必能解決這個大災難，但至少他是我們目前最大的希望。

說到曹操，曹操就到，一輛汽車快速地駛了過來，在傑克的身邊停下，陳天遠教授從後座開門出來。

我連忙迎了上去，「教授，你脫險了。這裏的情況你知道了嗎？你預料的那種**怪物**，已經出現了！」

陳天遠突然驚呆住，那表示他還未清楚這裏的情況，他戰戰兢兢地問：「那麼，是什麼樣子的？」他的身子在顫抖着，不知道是驚恐還是**興奮**。

我告訴他：「是一種暗紅色的濃稠液體，但是卻會變出人的形狀來，它會突然間『溶化』，也會突然間『**再生**』，力大無窮，不怕槍擊，一直生長。」

陳天遠的呼吸急促起來，問：「它……它們現在在墳場中？」

我點了點頭，「是的，一共五個。」

　　陳教授呆住了好一會，好像在沉思着什麼，然後二話不說，突然 **衝入** 墳場。

　　傑克剛好在指揮其他人員，來不及阻止陳教授，只有我匆忙地追上去，「陳教授，裏面很危險，我們研究好對策再行動吧！」

　　我從沒想過，像陳天遠那樣的 **文弱** 書生 ，着急起來竟然能跑得那樣快，轉眼就奔出了我們的視線範圍，不見蹤影了。

　　我也向 **墳場** 內奔去，傑克叫也叫不住，而且他暫時走不開，亦不能打亂部署，只好向我大喊：「萬事小心啊，盡快把陳教授帶回來！」

　　我向前奔跑了好一會，終於看到陳天遠在扶着一株樹深呼吸，他一見到我，就喘着氣問：「在哪裏？**它們在哪裏**？」

我拉住了他的手臂，「教授，你若是見到了它們，你便會有**生命危險**，你沒看到外面包圍了那麼多的武裝士兵嗎？就是為了對付這五頭怪物的。你快跟我回去。」

「不，我要看一看它們。」陳教授很**固執**，接着又問：「那種蜜蜂呢？你們有沒有捉到一隻？」

我搖頭道：「沒有，如果那一千多隻巨蜂真的落在人間，恐怕再多的軍隊也對付不了。」

陳天遠「**啊**」地一聲，「那麼牠們去了哪裏？」

我繼續搖頭，「不知道。還記得我們曾在海上飄流嗎？自從那次**飛機事故**之後，就再沒有人見過那些巨蜂了。」

陳天遠皺着眉，「那時飛機有多高？」

我想了一下，「大約有**二萬英呎**。」

「那些巨蜂也能飛得這樣高？」他問。

「當然了。在那之前，一次空軍的例行演習中，也拍攝到那些巨蜂的照片。只是當時只有四隻，後來那一次卻是成千隻，結成了 一團雲 一樣，將我們的飛機擠了下來。」

「然後呢？牠們是不是一直向上飛。」

我想了一想，「對啊。兩次都是，牠們總是反覆地向上飛，不知道要飛到什麼地方去。」

陳天遠聽完後，突然靜了下來，雙眉緊皺，不知道在想些什麼。

我又搖了搖他的手臂，「我們快走吧！」

陳天遠臉上現出 十分沮喪 的神色，「我竟看不到牠們。我明白了，牠們走了，不管能不能到達，牠們走了。」

　　陳天遠的話，使我聽得莫名其妙，我問：「你明白了什麼？**牠們到哪裏去了？**」

　　陳天遠抬頭向天，天色陰霾，除了 **黑雲** 之外，什麼也看不見，他喃喃自語：「從什麼地方來，便回什麼地方去。」

　　「即是什麼地方？」我問。

　　「 **海王星** 。」

「你説那五頭怪物，還有那上千隻巨蜂，都飛回海王星去了？」我像聽到了最好笑的笑話一樣，忍不住大笑起來。

但陳天遠的臉上一點笑容也沒有，十分嚴肅地説：「雞本來是 清晨 才啼的，但有的地方，雞在半夜就開始啼了，你知道這是什麼緣故？」

我回答道：「因為那地方雖是 半夜 ，但在雞的原產地，卻是天明，牠們習慣了在那個時間啼叫，是不是？」

「是，而雞從牠的發源地移居到世界各地，已有長久歷史，但是牠們的習性仍然不變，這便是 遺傳因子 的影響。」

「和這件事有什麼關係？」

「當然有，我培養出來的 生命激素 ，來自海王星，當中一定有着傾向於原來星球的一些因子，使牠們不

管成功與否，也要拚命靠近自己原來的星球。」

我吸了一口氣，説：「這情形有點像 **北歐** 旅鼠集體自殺的悲劇，是不是？」

陳天遠在我肩頭上拍了一下，「你明白了。旅鼠在數十萬年，或者更遠以前，在繁殖過剩之後，便向遠處徙移，但是地殼發生變化，牠們原來的路線也起了變化，陸地變成了 **海洋** 。然而牠們還是依着這條路線前進，那是旅鼠的遺傳因子告訴牠們的，所以牠們仍不改道，多少年來，每隔一個時期，便有成千上萬隻旅鼠，跌下海中淹死。這悲劇將永遠地延續着，除非有朝一日，海洋又重新變成了 **陸地** 。」

我疑惑道：「那樣説來，那五個怪物已經不在這裏，而到海王星去了？」

陳天遠又抬頭望天，**神情憂鬱**地説：「當然

是。唉，竟不等一等我，讓我看一眼！」

　　就在這時，三個人急急跑了過來，他們是殷嘉麗、符強生和傑克。

　　我迎上去說：「傑克，危險已經過去了，**收隊吧**。」

　　傑克很詫異，「怪物已消滅了麼？」

　　「**不，它們回去了。**」我和陳教授不約而同地齊聲說。

　　符強生和殷嘉麗都是這方面的專家，一聽就明白了，抬起頭說：「和我們設想的結果一樣，它們回去了。」

　　傑克仍然莫名其妙，但我們四人卻**一同**望着天空。

　　我們無法想像這五個怪物是以什麼方式向天上「**飛**」去的，也不知道牠們能不能成功回到原來的星球去。這將是一個謎。

傑克當然不會因為我們的一句話而收隊，他準備指揮眾多的士兵和警員，將墳場每寸地方都**搜查清楚**，沒有任何發現才敢收隊離開。

我輕拍了一下他的肩頭說：「中校，我先回去休息了，你好好努力工作吧。殷小姐，我相信你也『**失業**』了，是不是？」

我特別強調「失業」二字，殷嘉麗自然明白我的意思，她回答道：「我已『**辭職**』了。」

看見她臉上美麗而開朗的笑容，我便知道，在**愛情**的魔力下，她已經決定棄暗投明，不再當特務了。

天又下起細雨來，我們四人慢慢地走出墳場，心情各有不同，而我只想好好地*睡上一覺*。（完）

案件調查輔助檔案

神通廣大

據我們所知，軟禁陳教授的行動，是特務組織一個代號叫『G』的人所負責，他是一個十分**神通廣大**的人物，而且手下還有四名神槍手。

意思：形容本領、手段高明巧妙。

靈機一動

「你能夠做什麼呢？博士。」我苦笑道，但突然**靈機一動**，問：「你和殷嘉麗的關係怎麼樣？」

意思：指心思忽然有所領悟。

名譽掃地

但是你被捕回國後，將會受到嚴厲的審判，**名譽掃地**。

意思：形容身家名譽，一敗塗地。

垂頭喪氣

我呆呆地蹲着，好一會才站了起來，極度的**垂頭喪氣**。

意思：形容失意沮喪的樣子。

如法炮製

我也連忙**如法炮製**，那沙發墊是特製的逃生工具。

意思：指依照往例或現有的方法辦事。

孤注一擲

我還想**孤注一擲**時，錫格林在我背後大聲叫道：「荒唐，衛斯理，這太荒唐了，這絕不是你這樣的聰明人應該做的事。」

意思：比喻危急時投入全部力量，作最後的冒險行動。

一廂情願

這大大出乎我的意料，我一直以為是符強生**一廂情願**單戀着殷嘉麗，卻沒想到這位美麗動人、冷酷無情的特工，也對符強生動了真感情！

意思：完全出自單方面的主觀意願，不管對方意願如何。

棄暗投明

看見她臉上美麗而開朗的笑容，我便知道，在愛情的魔力下，她已經決定棄暗投明，不再當特務了。

意思：比喻人生道路的抉擇上認清是非，走向光明正道。

衛斯理系列 少年版 24

蜂雲 下

作　　　者：衛斯理（倪匡）

文 字 整 理：耿啟文

繪　　　畫：鄺志德

助理出版經理：周詩韵

責 任 編 輯：陳珈悠

封面及美術設計：雅仁

出　　　版：明窗出版社

發　　　行：明報出版社有限公司

　　　　　　香港柴灣嘉業街 18 號

　　　　　　明報工業中心 A 座 15 樓

電　　　話：2595 3215

傳　　　真：2898 2646

網　　　址：http://books.mingpao.com/

電 子 郵 箱：mpp@mingpao.com

版　　　次：二〇二二年六月初版

I S B N：978-988-8688-43-2

承　　　印：美雅印刷製本有限公司